COMIC BY HOM

大城小事

BIG CITY, LITTLE THINGS

2

CONTENT

小菲
撥出中…
欸，晚上好！
紹勳？幹嘛啊大半夜的。
出來打球啊！
……啥？

「妳投不進的球」
十五年前——
咚!!
啊!!!
可惡耶！
為什麼都投不進？
紹勳 10 歲

唰！
小菲 10 歲
看到沒？傻瓜！
跩屁！
定孤支啊！
我要打爆妳！
怒!!
怕你唷？
小菲，這個討人厭的娘們——

是我從小一起長大的鄰居，
哇—
呀!!
……嗯，對，聽說我們第一次見面時就打起來。
接著功課、
98
57
電動、
1P WIN
身高……
什麼都比不過她，
但這都算了！
我最大的目標是——
一對一的鬥牛贏她！
臭婆娘，我今天沒贏妳不回家啦！

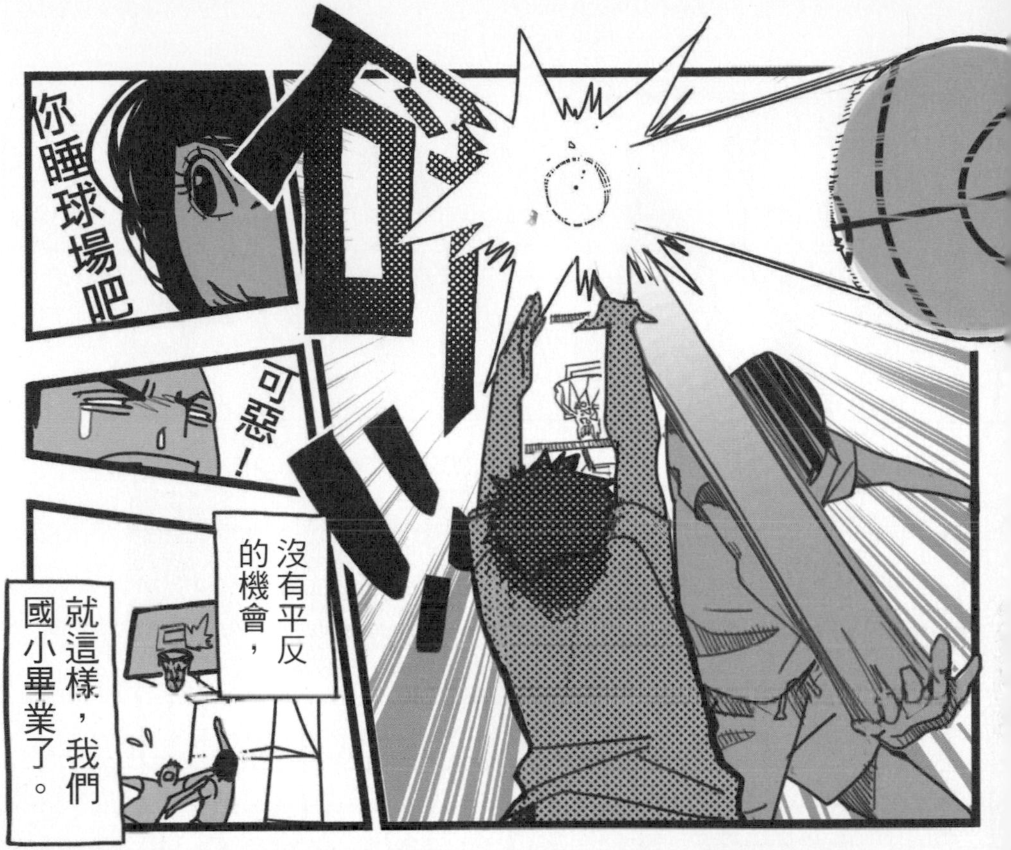
你睡球場吧
可惡！
沒有平反的機會，
就這樣，我們國小畢業了。

不過上了國中，事情漸漸有了變化。

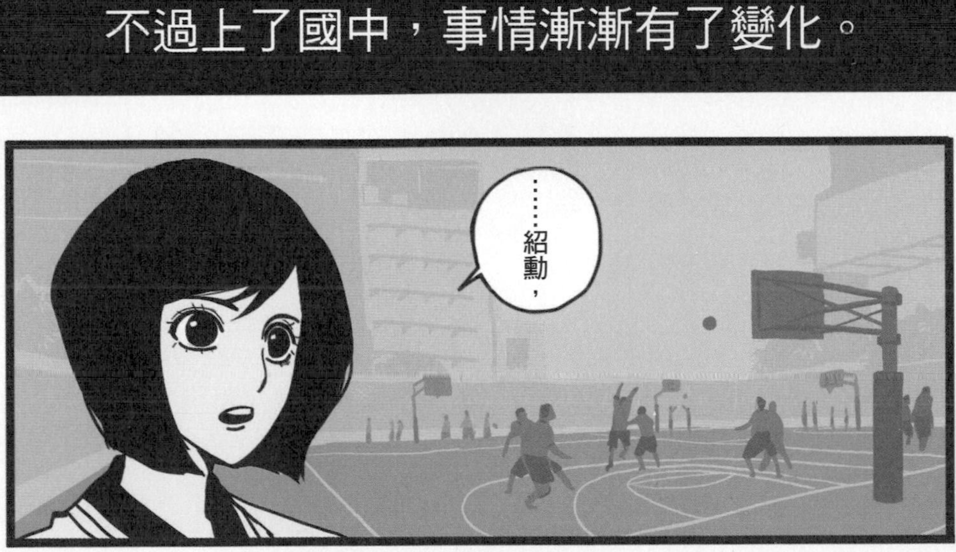
……紹勳，

你怎麼突然長高了？
對啊！我還想說妳怎麼變矮了！
屁啦 長高就跩起來了？
我們認識了一起打球的新朋友，
很久沒有單挑，
直到升上國三的某天……
來吧！

……等等，
紹勳有這麼高大嗎？

咻!!
咚咚
吃火鍋啦!
!?
再一次!
!!
咚
嘖!
終於被我蓋到了吧!爽哈~!!!

如何？我跟以前完全不一樣了吧！
吁
吁
吁
投啊，妳投不進的！
其實妳也沒那麼厲害嘛！

可惡！
我才……
不要
輸得這麼
一敗塗地……

欸欸，不用拚成這樣吧！
妳這嫩咖！完全不是我的對手了！
失敗的滋味不錯吧！哈哈哈！
我現在覺得和妳打超沒樂趣的啦……
……嗯？

唔……
很痛嗎？
……

叮咚。
紹勳啊早安。
阿姨早安，我找小菲。
她說她不舒服一直賴床，
你要不要幫我看看她？
深呼吸
叩叩
小菲？

走開。

紹動幹嘛？心情不好喔？
沒啊。

喂。
夠了吧妳？別再躲了！
幹嘛？
今天我生日，陪我打球！
我再也不打籃球了。
找你朋友吧。
幹嘛輸了就逃避！
這麼輸不起我讓妳贏總行了吧？
不要。

走啦！
啪！
不要再鬧彆扭……
了！噗呃！
啪！
你懂什麼啊？
你們男生發育後就有絕對的體能優勢，
不管我再怎麼努力，都不可能和你並駕齊驅啊！
我這麼差的話你何必稀罕我陪不陪你？
哇靠……真打喔……
我在意的根本不是輸贏的問題……

我們明明認識這麼久……
你怎麼可以贏了就嫌我很無趣……
吁
紹勳！
吁
？
高中部的人……
吁
把我們的球場搶走了……
吁
吁
吁
吁
他們說要打就報隊※，可是我們完全被打爆！

※：球場上三對三鬥牛人數已滿時，若想上場打球，須另找兩人組隊，跟衛冕隊伍 PK。

要換別的球場嗎？
小菲，
幹嘛？

幫我們雪恥吧!
什麼?
噠噠噠!!
好耶!加上小菲就贏定了!
喂你們不要亂講!
欸學長們!報隊啊!
……
還帶個女的耶?
哈哈哈哈!
哈哈哈!來鬧的嗎?
喂!!!
別小看她,她很強喔!
開什麼玩笑?我不打啊!
幫個忙嘛,我想電電學長,
開始吧!

這自以為是的混蛋，根本不理會別人的心情，
那我也不管了，就亂打！哼！
投吧！
你自己上啦！
太慢了!!!
唰!
!?
1比0!!
……
你不要傳給我啦！
啪!!
沒關係、沒關係，加油！

妳只管好好投球。
磅！
妳投啊？
砰！
嚇！
再來！
你……
別再傳給我了，我投了也不會進的！
小菲，

對不起。
妳會變得這麼沒自信……
都是我太得意忘形的緣故。

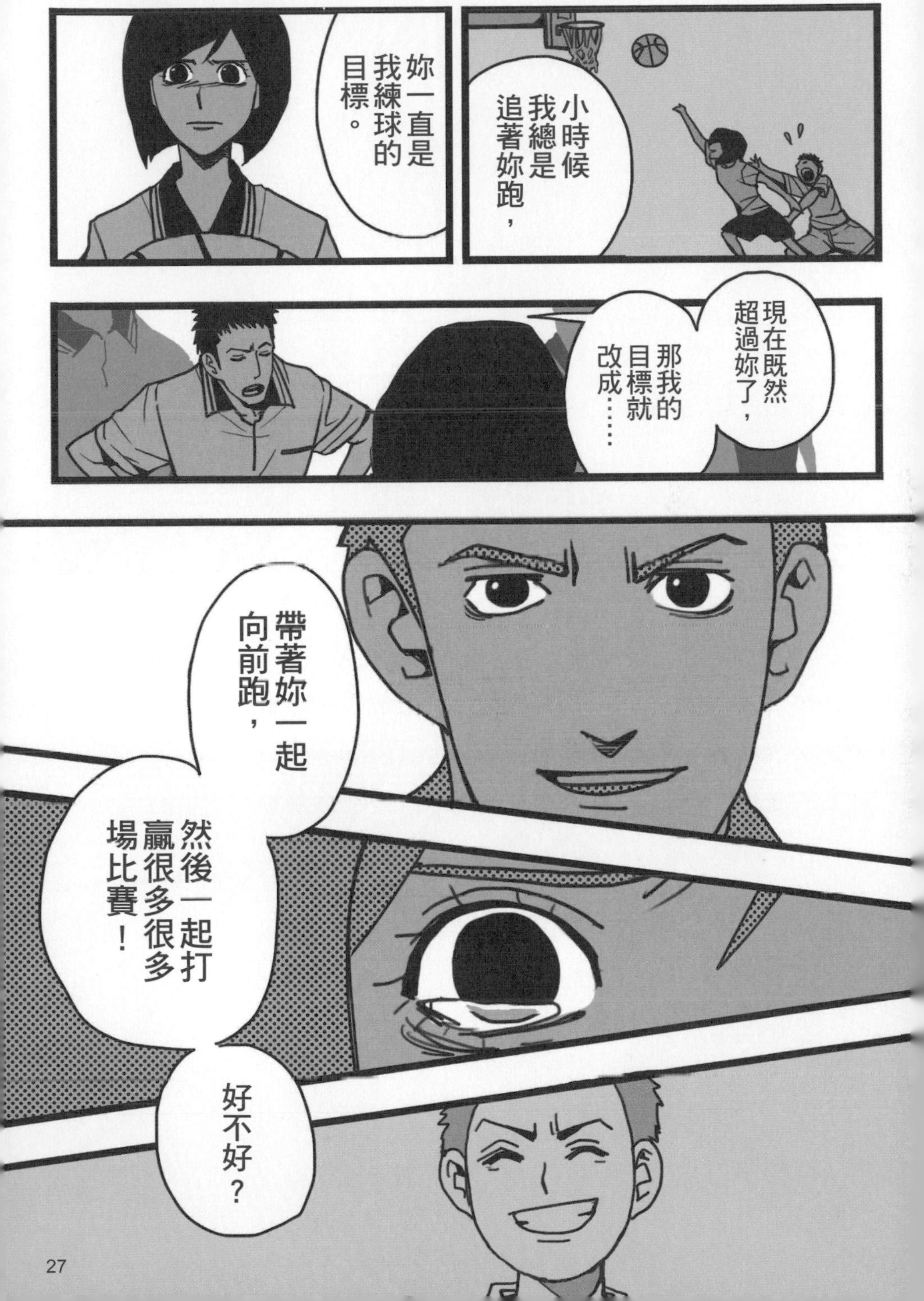
小時候我總是追著妳跑，
妳一直是我練球的目標。
現在既然超過妳了，
那我的目標就改成……
帶著妳一起向前跑，
然後一起打贏很多很多場比賽！
好不好？

儘管投吧！妳投不進的球！
我都會幫妳搶回來！

我以為你今年忙到不會來找我，
不過……
你也太晚出現了吧？

妳投不進的球 / 完。

「妳投不進的球」

隨著年齡增長，經歷過越多事情，人們越懂得潤飾自己，但也變得複雜多面，像是添了許多化學物的加工產品。然而這一篇很難得，沒有什麼添加物，是比較天然單純的故事，為的是描述青少年那純粹的倔強和友情。

沉溺在優越感的紹勳，還不懂得體貼朋友的心情；自尊受創的小菲，還不懂得怎麼面對挫折，最後他們經由最熟悉的共同語言——籃球，學會了人生重要的一課，也鞏固了彼此的友誼。看著他們成長，也算是自己創作過的許多故事裡，少數有感動到自己的故事了。

篇名「妳投不進的球」，在故事前、後有兩種不同的意義。前面是紹勳逆轉勝時得意忘形的嗆聲，後面則是了解自己的力量變得強大，不再追求自我勝利，而是無私的轉身去保護朋友、拉著她一起向前跑的決心。

後來

大
BIG CITY,
LITTLE THINGS
2

七點了……
好餓喔。
我要去買吃的，你要一起去嗎？
繫
便利商店喔？吃到怕了，等我畫完去吃串燒好不好？
……還要多久？
唰

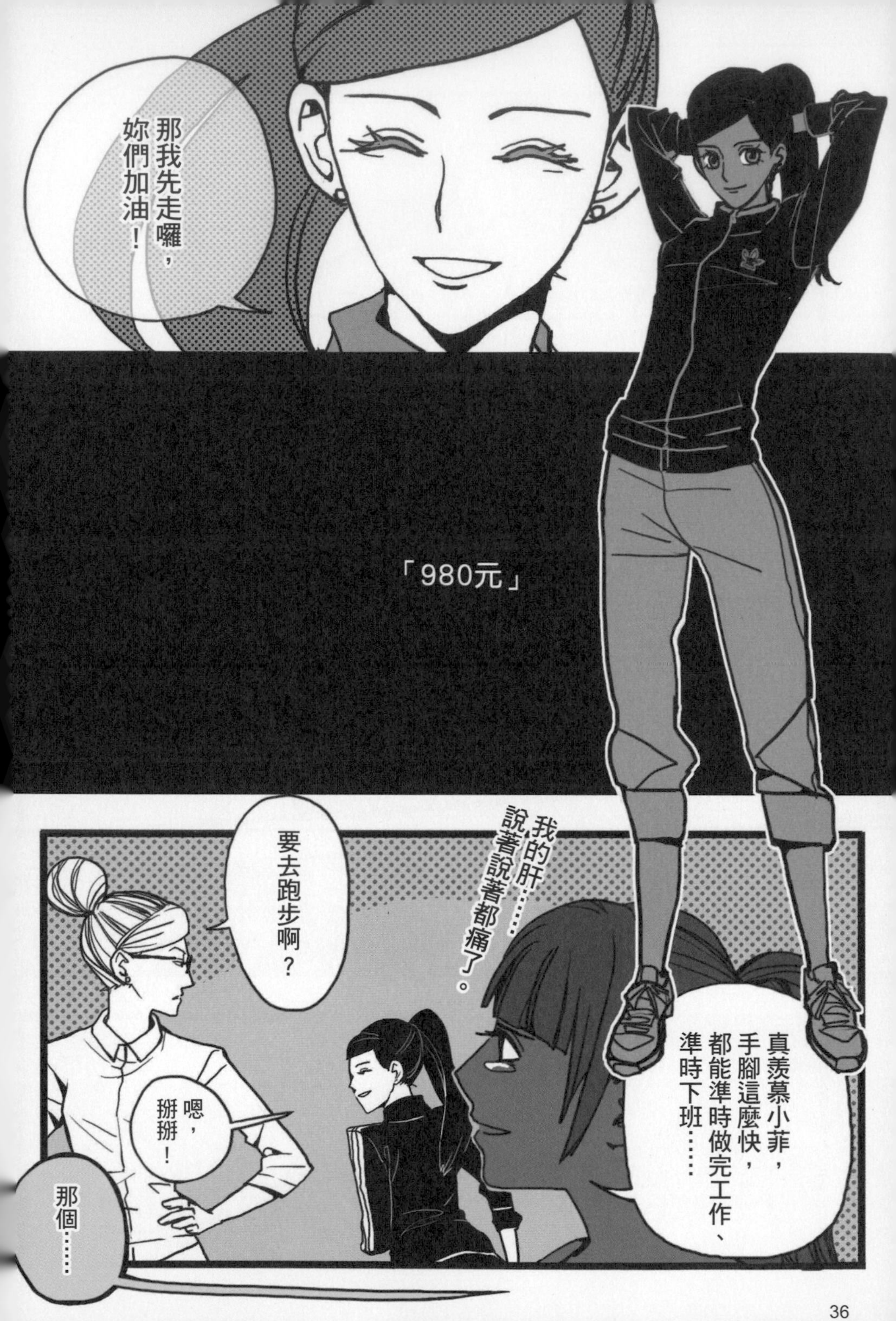
那我先走囉，妳們加油！
「980元」
我的肝……說著說著都痛了。
真羨慕小菲，手腳這麼快，都能準時做完工作、準時下班……
要去跑步啊？
嗯，掰掰！
那個……

新來的菜鳥
大何
我可以跟妳一起去嗎？

其實跑步不太喜歡有人跟，尤其是不熟的人……但又找不到拒絕的理由。
小菲妳每天都會來河濱跑步呢。
怎麼這麼健康啊？很少女生這麼愛運動！
就……習慣。
看妳這樣，我覺得超棒耶！我以前也常去健身房說！
喔喔。
不好意思，我跑步的時候不能說話，呼吸會亂。
喔，好。

要去跑步囉？
嗯，掰掰啦。
隔天
份有限公司
沒有要跟吧。

大何？
跑完啦？
辛苦了！來，補充水分。
POCARI SWEAT
啊……謝謝。
掰掰！
POCARI SWEAT
……
他在樓下等，拿了飲料給我就回家？

他……
雖然是新來的菜鳥，不過工作態度和能力都很好，
積極、和善、有禮貌，大家對他的評價都不錯。
……長得也不錯。
雖然娃娃臉
嗯？
今天starbucks買一送一，上班加油！何.
……這
應該不是我想太多吧？

……真的不是想太多。
下午11:06
大何
對了，這個週末我可以約妳吃頓飯嗎？
下午11:06
大何
下午11:06
體貼的關心、慣性的聊天，
接下來就是邀約……
好像每段關係的建立，都是這樣開始的。
怎麼辦呢？
……反正不過是吃個飯。

兩位，有訂位，謝謝。
好的，馬上為您帶位。
你要點什麼？
唔……
我想吃碳烤有機野菜那個……羊排。
980元……
(菜名太長會念不出全名)
嗯？
他剛說什麼價錢？
小姐點餐。
好的。

這裡的氣氛很好，東西也很好吃，
而且我特地選了一個可以看夜景的位置，很美吧！
是啊。
不過我最開心的，還是有榮幸和這麼漂亮的美女吃晚餐！
21。
嗯……因為我剛出社會，加上有點娃娃臉，
不想給人幼稚的印象，所以……
呵……大何你幾歲啊？
來這招……
竟然小我四歲!!!
太過分了!!!

才用了「大」這個字取綽號，
看這樣會不會讓自己變得更成熟穩重一點，哈哈。
噗！
什麼啊？
一共是3790元，請問貴賓刷卡還是付現呢？
付現。
不用，我請妳。
這麼貴，不必啦，這樣我多不好意思！
沒關係啦，讓我請！
980元……

我付就好。
380 元……
我請妳。
豬 240、
雞 220……

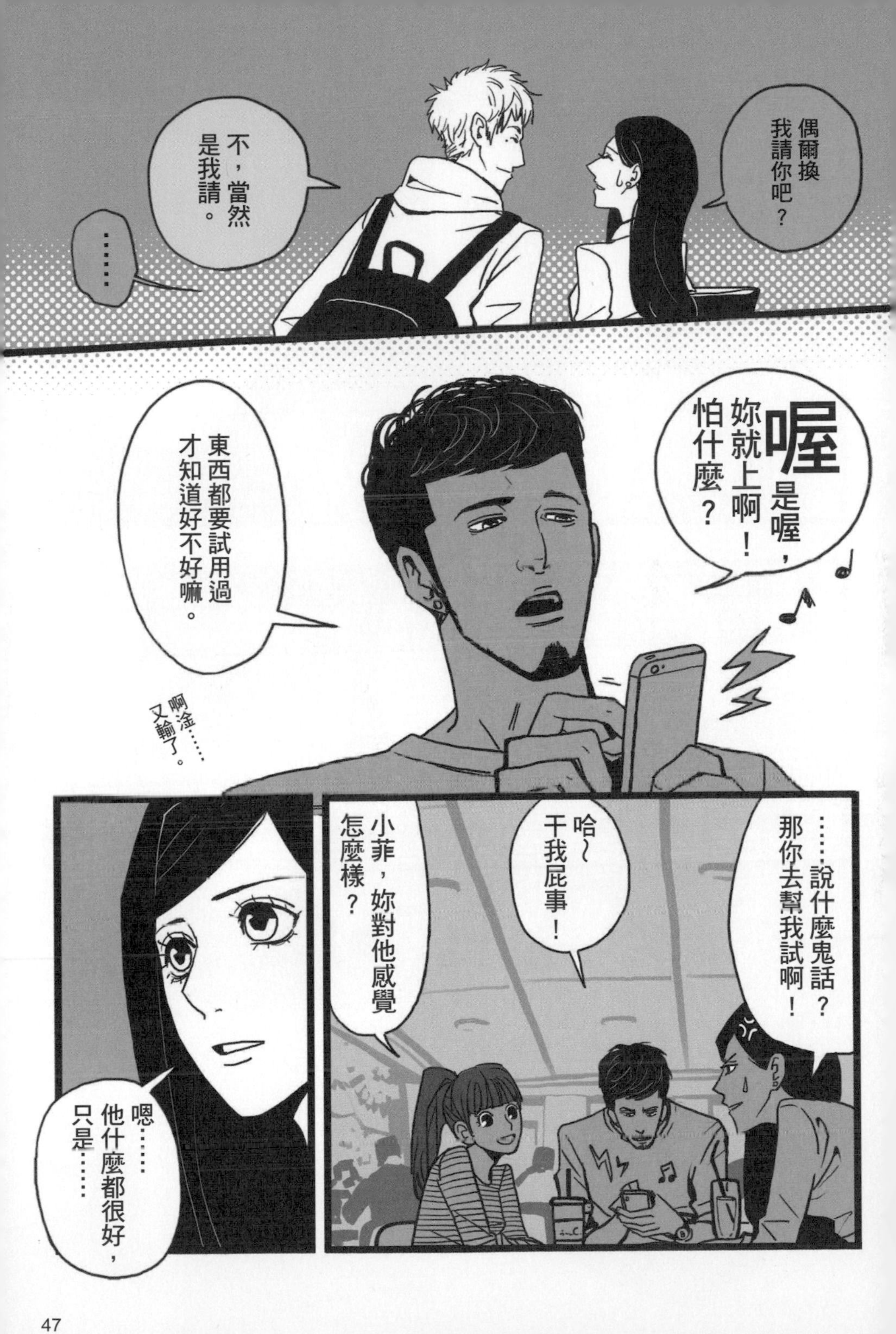
偶爾換我請你吧？
不，當然是我請。
……
喔是喔，妳就上啊！怕什麼？
東西都要試用過才知道好不好嘛。
啊淦……又輸了。
……說什麼鬼話？那你去幫我試啊！
哈～干我屁事！
小菲，妳對他感覺怎麼樣？
嗯……他什麼都很好，只是……

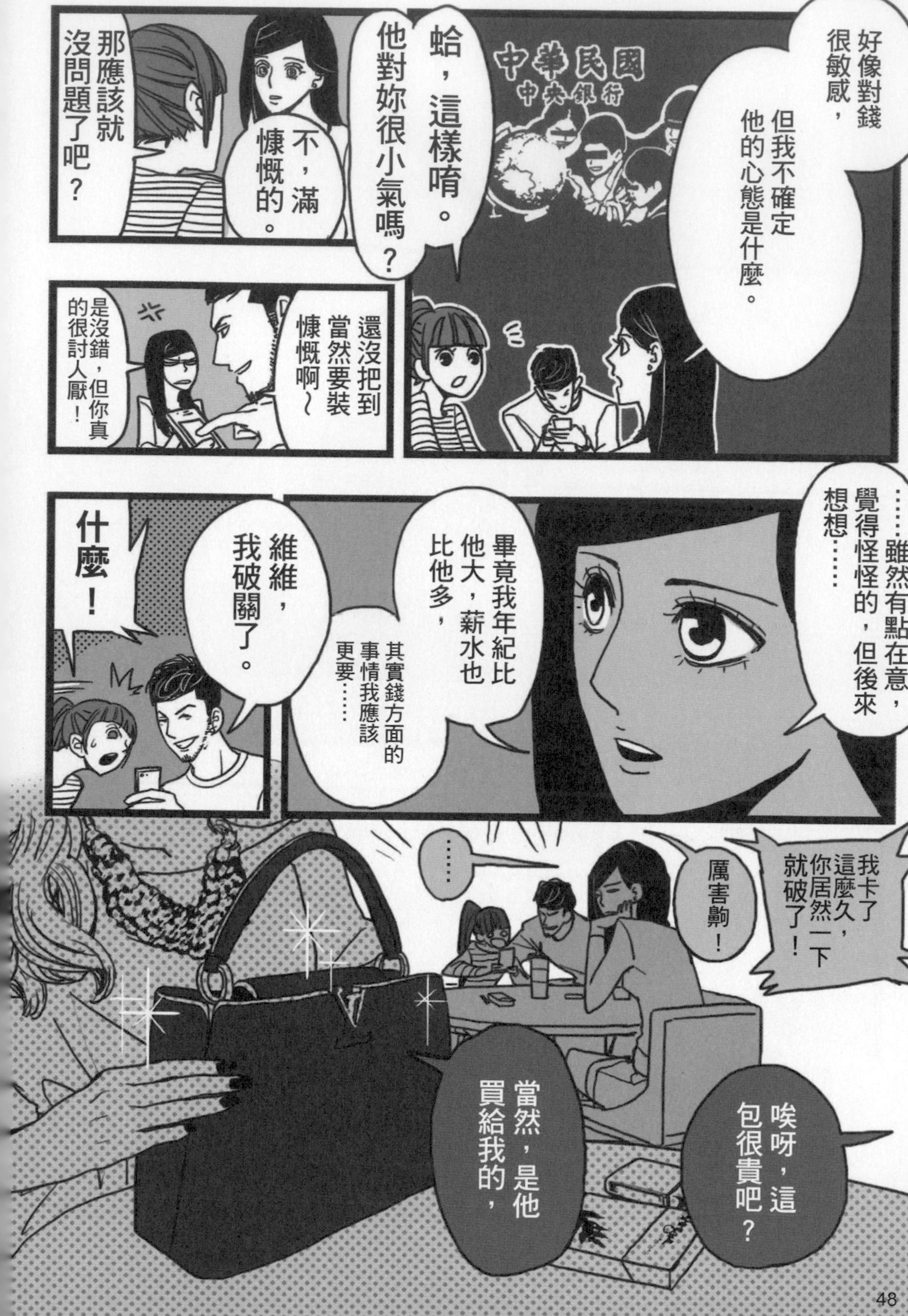
好像對錢很敏感，
但我不確定他的心態是什麼。
中華民國
中央銀行
蛤，這樣唷。
他對妳很小氣嗎？
不，滿慷慨的。
那應該就沒問題了吧？
還沒把到當然要裝慷慨啊～
是沒錯，但你真的很討人厭！
……雖然有點在意，覺得怪怪的，但後來想想……
畢竟我年紀比他大，薪水也比他多，
其實錢方面的事情我應該更要……
維維，我破關了。
什麼！
我卡了這麼久，你居然一下就破了！
厲害齁！
……
唉呀，這包很貴吧？
當然，是他買給我的，

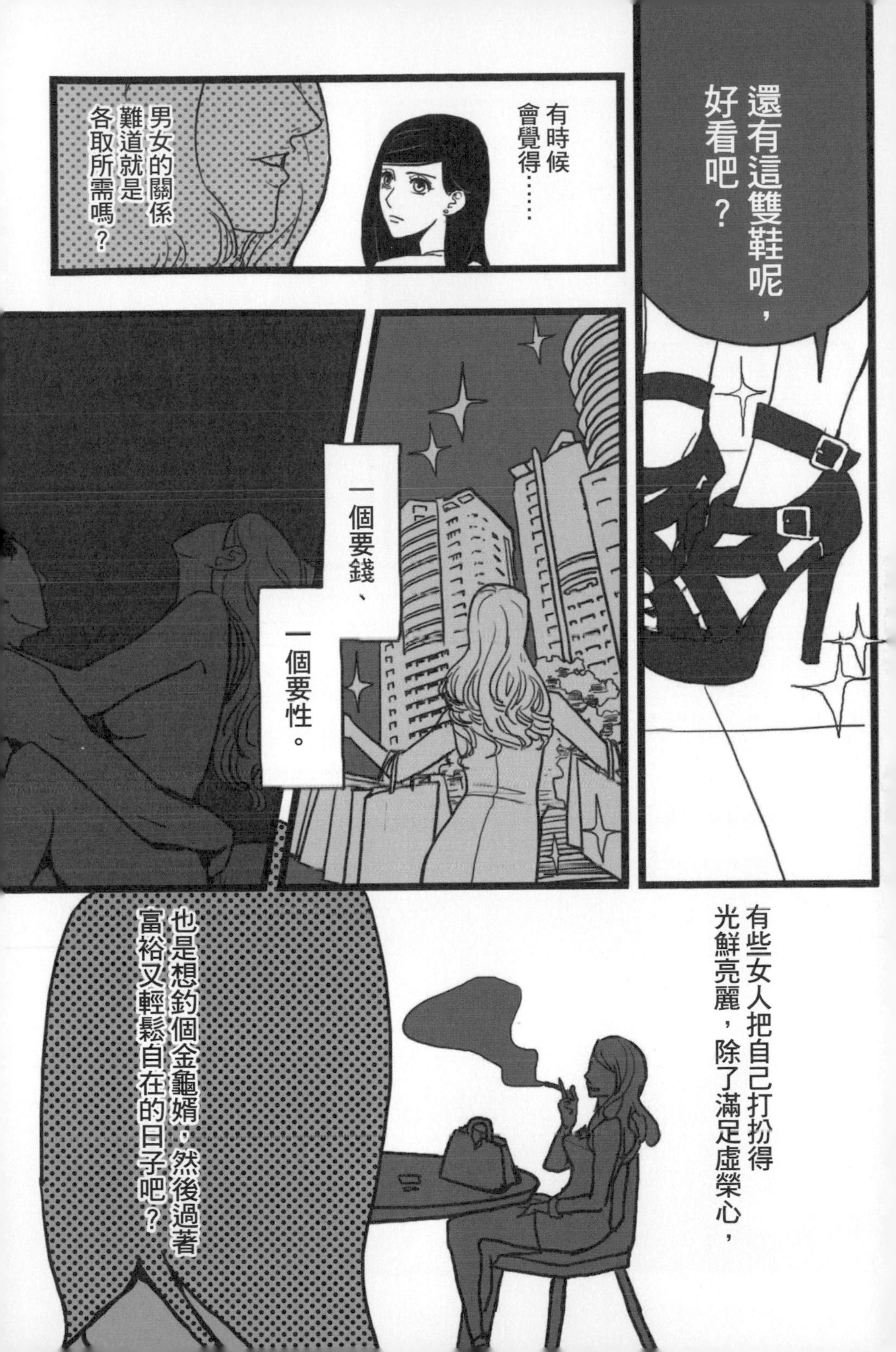
還有這雙鞋呢，好看吧？
有時候會覺得……
男女的關係難道就是各取所需嗎？
一個要錢、
一個要性。
有些女人把自己打扮得光鮮亮麗，除了滿足虛榮心，
也是想釣個金龜婿，然後過著富裕又輕鬆自在的日子吧？

嗨北鼻～
北鼻～

今晚換妳報答我唷♥
嗯哼♥當然喏

這種模式看得越多，
就越質疑真愛是不是還存在。

……不過，我還是寧可相信吧！
我想要單單純純的戀愛，
絕對不要變成死愛錢又現實的女人。

小菲！

你也要來跑嗎？
不，因為妳都是跑完步才吃晚餐……
還好，趕上了。
一起吃飯吧！
這是我做的，不敢說一定好吃……
但是我盡力了，幫我鑑定一下吧？
哇——
嗯……如果不好吃，別吃完也沒關係！
天啊好厲害，這麼豐盛！

原來你也有賢慧的一面啊？
那我不客氣囉！
什麼賢慧啊，我是特地做的啦。
還不是妳老是吃外食……很不健康耶，臺灣一堆東西有毒。
啊，
頭髮。

和前男友分手之後，轉眼就過了三年。
這段時間我沒有喜歡上任何人，
不是因為沒有機會，
不是因為那些男生不好，
而是失去了對愛的憧憬和信任，
讓我無法輕易的喜歡上任何人。

但……

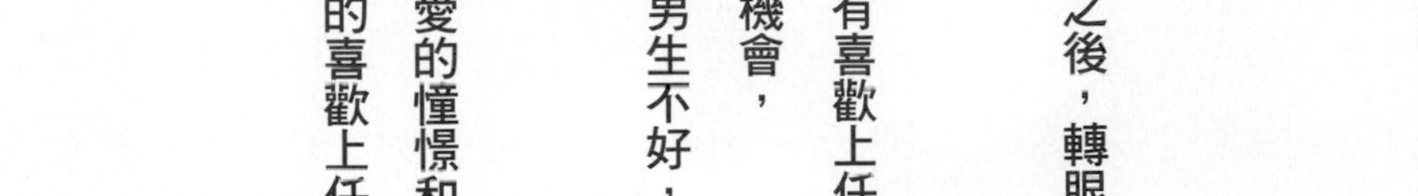

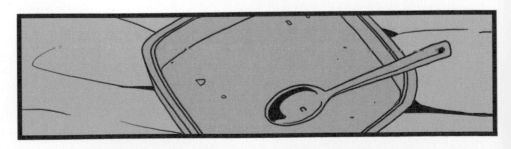

我也知道，
自己不會永遠都這麼消極，
只是一直在等，
等待這個心動的瞬間，
等待有人來打開我的心房。

我想……大何，
我可以相信你吧？

我很喜歡妳，和我在一起好嗎？
答應他，
答應他吧！
我也……

980元
……嗯，謝謝你，但是……
我想……再多認識彼此一點，給我時間考慮，好嗎？
抱歉……

唉……
居然在這麼關鍵的時候，腦海閃過這句話，
看來我比想像中還在意這件事……
明明告訴自己要包容錢的問題的！
我到底在幹嘛？等等上班要怎麼面對他啊？
……其實，我是想和他在一起的……
……
都幾歲了，乾脆一點，今晚就找他說吧！

米の店
麺
CHU

小菲啊，早安！
這……
這算什麼啊啊啊啊啊啊——!!!!!?
癱

就是亂槍打鳥嘛，
拿去。
謝謝……雖然下班了，但可以在公司喝酒嗎？
我說行就行。
難怪妳今天有點恍神。
不過他勾搭貴婦、計較錢，加上放多條線釣魚，看來是個算很精的人吧？
幸好及早發現。
……我不清楚，只覺得沮喪……
乖乖
妳難過只是因為不甘心，
還是真的很喜歡他？

這個……
不要不甘心，妳要感謝這讓妳多經歷了一些事。
再說……
若是因為寂寞而交往，最後還是會因為感到寂寞而分開；
若只是因為對方喜歡妳而在一起，
總有一天會因為對方不再喜歡妳而分開的。

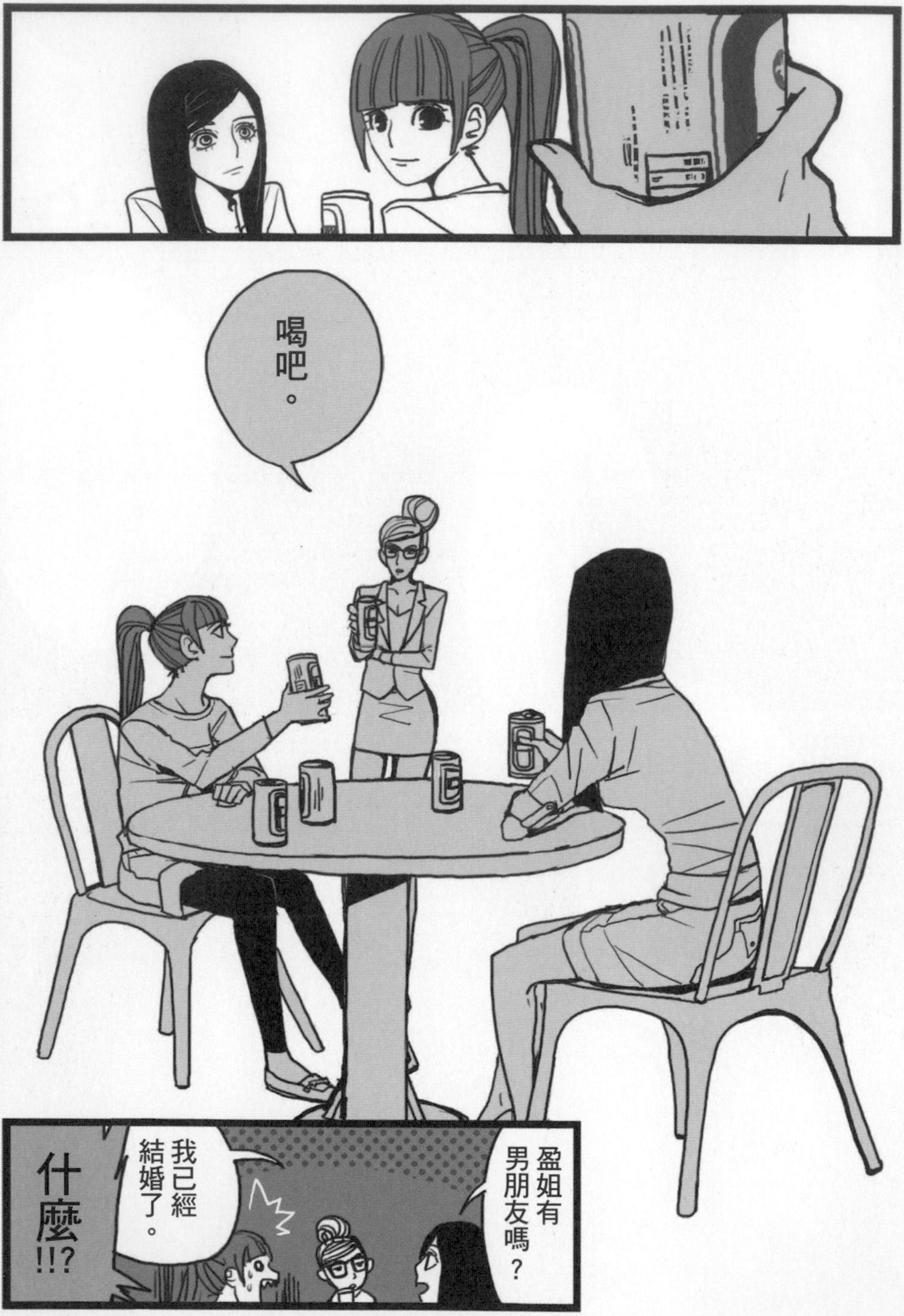
喝吧。
盈姐有男朋友嗎？
我已經結婚了。
什麼!!?

980元/完。

「980元」

房價居高不下，人們普遍低薪窮忙，年輕人看不到願景，加上少子化的過度保護教育，自我意識膨脹，覺得自己活得爽快最重要，於是掀起一股不婚不生的浪潮，也許諸如此類的事情影響了一個世代的戀愛價值觀。人們談戀愛不再如傳統那般拘謹，嚮往走向婚姻建立家庭，而是速食愛情，不在乎天長地久；只在乎曾經擁有，好聚好散，反正現在快樂就好。

速食愛情的時代裡，自我利益為優先考量，於是出現一套理論用在追女生上：不要把雞蛋放在同一個籃子裡。這是我們常常聽到的投資概念，可以降低風險，多方向試探，線放得越多成功機會就越大，比起只對一個女生示好，對十個女生展開追求，總會有一個也對你有好感吧？

和觀念如此的大何相比，小菲顯得戀愛經驗不多且稚嫩。大何真的喜歡小菲嗎？我想也就是那十分之一的喜歡而已吧！

幸好大何的裝闊氣就像打腫臉充胖子，下意識去強調價位，只是想讓小菲留意自己付出了很多。告白時突然想起這個異樣，以及親眼目睹大何另有情人，很像是上帝拉了小菲一把。

話說回來，大何的戀愛觀未必是錯誤的，戀愛沒有好壞對錯可言，全因人而異。只是比起小菲，和他價值觀相符合的女人可能更適合他。

COMIC BY
HOM

溜溜是小時候，爸媽送給我的生日禮物。
牠陪著我們一起長大，是我們的家人，
然而有天……
啊啊啊啊!!!
砰

「忘了」
姊
何彥岑
弟
何彥東
一場意外
奪走了爸媽，
留下我們
三個孩子。

後來房子賣了，大伯成為監護人收養我和姊姊。
但是……大伯家不方便養狗。
溜溜是爸媽最後留給我們的寶貝，
♫
所以我做了一個決定。
我和溜溜搬去外面好了。
我讀夜校，白天會好好打工來付房租。
彥東，還是我搬出去吧。
沒關係啦姊，我是男生耶！

搬出來之後，除了照顧溜溜，也得學著獨立。
但是想起父母的時候，還是會覺得很難過，為什麼老天爺這麼無情……
難道是因為我不夠聽話，祢才要帶走他們？
汪
溜溜……

汪汪
還好有你陪我。
好可愛喔!!
你是主人嗎?
嗯,對啊。

我們可以交個朋友嗎？
交往之後，我的生活重心就在她身上了。
每天就是打工、上課、談戀愛……

對了，溜溜的飼料沒了，牠今天還沒吃東西……等等要去買。
我想吃燒仙草！
先去寵物店好不好？
不要！人家想要先吃！
吃完之後
狗狗之家
啊……關了。
去7-11買罐頭就好了啊。
但我爸說溜溜吃那個比較不健康……
蛤——無所謂吧？
Oho.

阿傑到底是誰？
就朋友而已啊！你要問幾次？
朋友個屁！妳解釋一下這些對話是什麼意思啊？
還對他說我是窮小孩!?妳……
你偷看我的手機才賤!!

砰!!
啪!
啊啊啊啊啊啊!!!!!!
汪汪!
砰!!

馬的……原來女人這麼賤啊？
開什麼玩笑，我有遜到被女人玩弄嗎……
嗯？
哼！
姐姐，妳好漂亮喔！
我可以跟妳一起玩嗎？

被女朋友劈腿喔……真是可憐。
不過大何，你很可愛呢。
以後我找你，都要來陪我喔。
接著她送了我最新的手機，零用錢、禮物，要多少有多少。
錢變多了，要把妹就更輕而易舉，
因為女人就是她媽的這麼現實！

但碰到這種勾勾纏的最麻煩了……
大何！

既然愛終究要真心換絕情，

那我絕不再當受傷的那一方。

我爽就好，管妳們去死啊？

咕嚕咕嚕
汪汪
去巴黎玩兩個禮拜？好哇！
反正妳出錢。
咕嚕咕嚕
汪嗚嗚……
兩個禮拜……

喂姊，妳新租的房子能養狗嗎？幫我照顧溜溜好不好？
不行耶，我明天要下高雄表演。
拜託啦我要出國欸！
何彥東……你找朋友幫忙吧。
綁
溜溜乖，忍耐一下。
早上姊姊看到你，就會帶你回家囉。

????
汪汪汪！
汪!!!
…
…

回臺灣之後，我換了新工作，
雜事依然多，
一直沒有聯絡姊姊，反正她會照顧好溜溜的。
後來不知道過了多久……
嗨姊！
怎樣？
最近如何？跟溜溜相處得還好嗎？
……喔？終於想到要關心了啊？

牠過世了。
什麼？

牠已經是老狗了，你也沒在顧牠的病，寒流來時，還讓牠在外頭淋雨。搞什麼？
……牠生了什麼病？
我都沒有發現牠哪裡怪怪的啊……
看完了就回去吧，你不是忙著和一堆女人瞎搞？

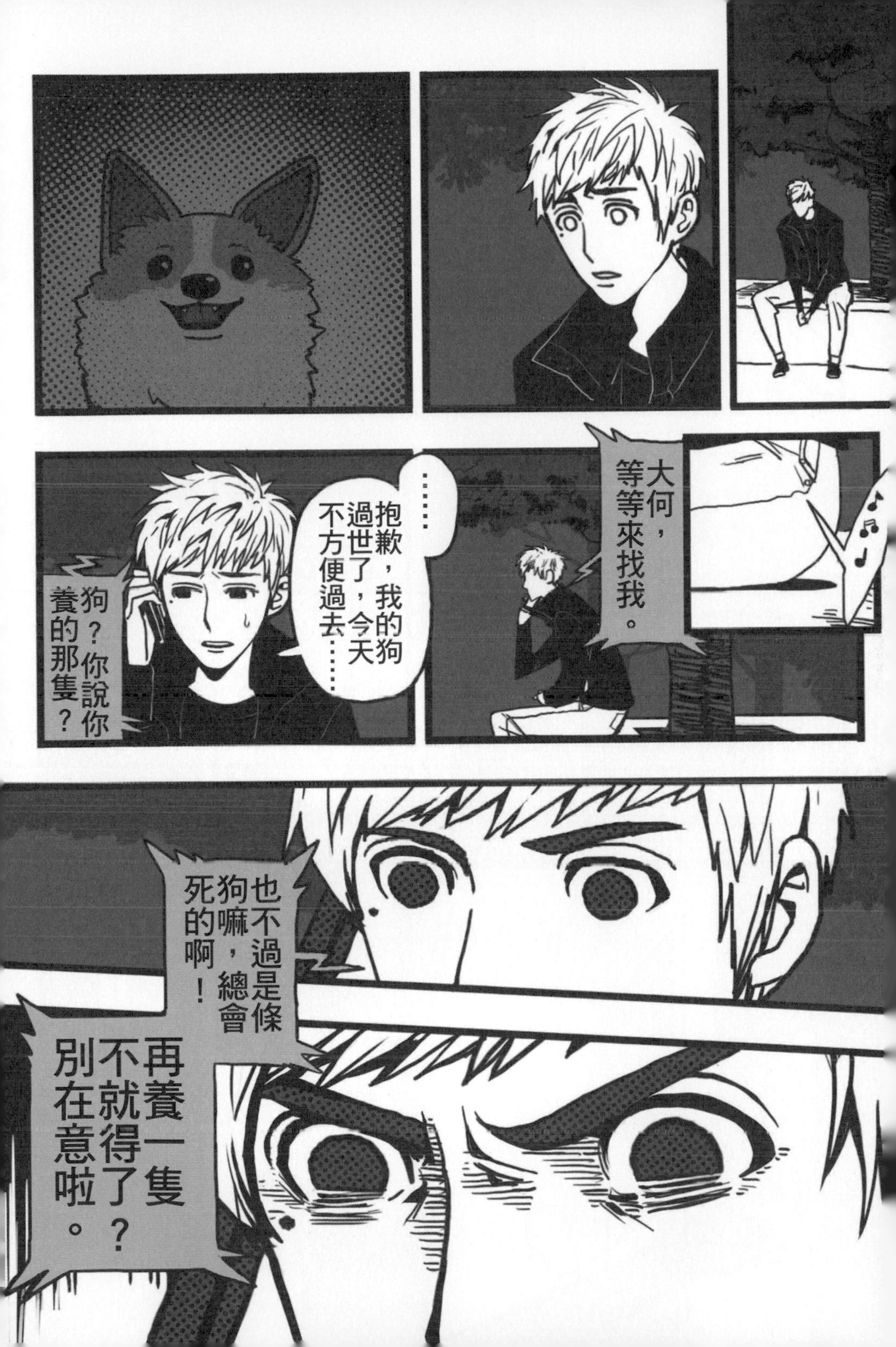
大何，等等來找我。
……抱歉，我的狗過世了，今天不方便過去……
狗？你說你養的那隻？
也不過是條狗嘛，總會死的啊！
再養一隻不就得了？別在意啦。

你在哪？
呼！
叮咚
大何，可以談談嗎？
呼！
嘖，滾啦……
呼！

砰!!
噗呃!
操你馬!敢碰我的女人啊?
淦寧娘咧垃圾!
哈哈
死吧!
呼
呼
呵
砰!!!
啪
哇靠……好痛!
我大概要掛了吧?
碰
碰!!!

溜溜……
我是不是把自己搞得亂七八糟的？
忘了當初為什麼搬出來，
忘了什麼才是重要的，
忘了好好陪你。
……我什麼都忘了，
對不起……
等我也去了天國了……

你還願意見到我嗎？

彥東，
你是男生，長大要好好保護溜溜和姊姊喔。
好！
!?
嚕嚕—…

醒啦？感覺還好嗎？
我去找醫生你等一下。
姊……

為什麼死的是溜溜而不是我呢？
我剛夢到牠，但我不知道牠最後對我說了什麼……
八成是罵我吧？
我以前曾經覺得，老天帶走爸媽是因為我不乖……
後來雖然沒有這種天真的想法了，
但現在卻突然覺得……

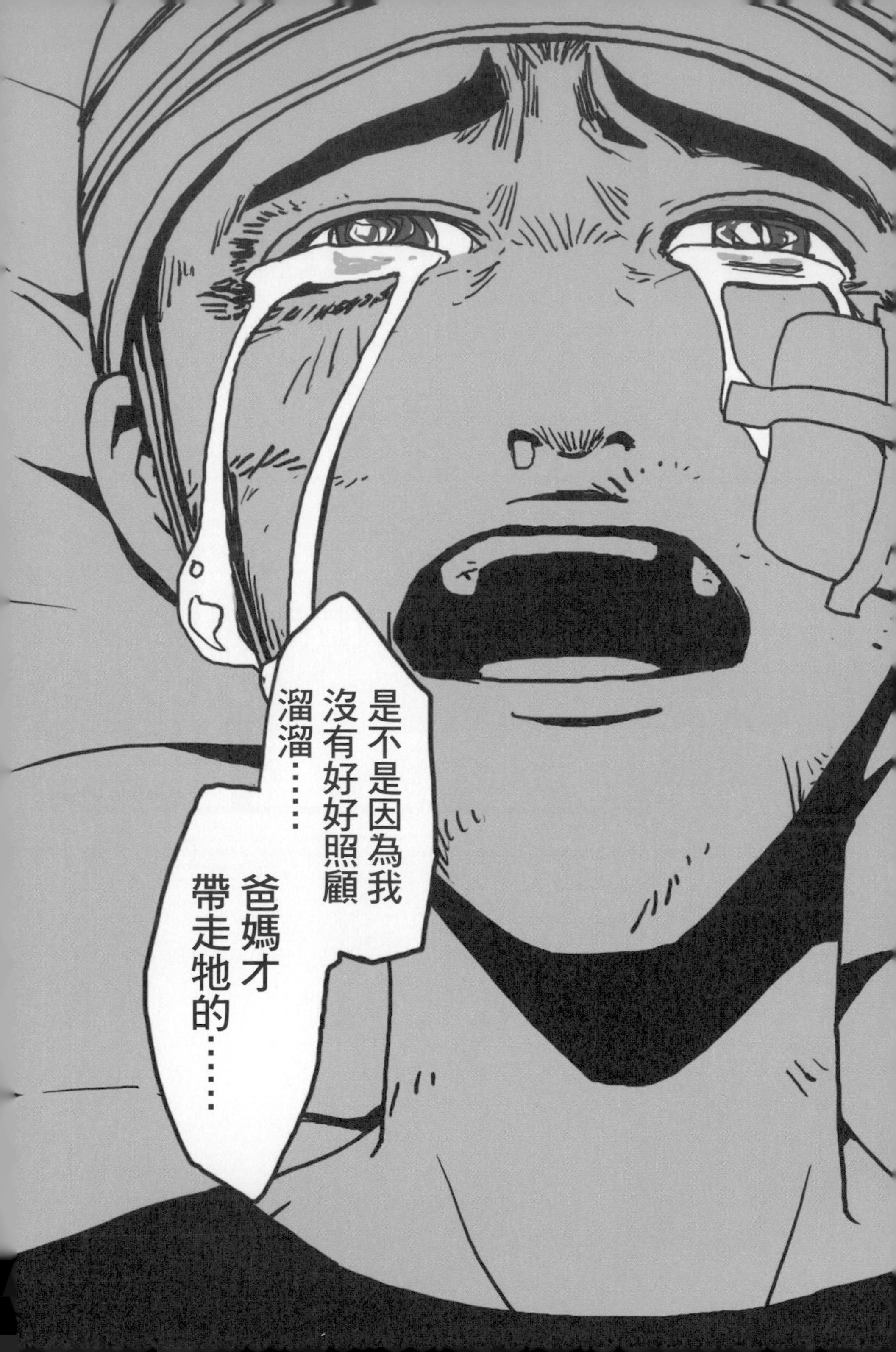
是不是因為我沒有好好照顧溜溜……
爸媽才帶走牠的……

公司
大何！怎麼傷成這樣？
……
玩過頭了齁。
你還好嗎？
我沒事……謝謝。

忘了 / 完。

「忘了」

不論是親情、友情、愛情，任何一種感情要維繫，都需要陪伴與經營，但人們總是忙著追求自己沒有的東西，反而忽略了原本一直陪在身邊的。

上一話對小菲亂槍打鳥的大何，故事開頭看起來本性並不壞，他為了溜溜，在學生時代就選擇獨立生活，後來走歪是因為被女友劈腿，打擊過大才走火入魔，不再對任何人事物用心。這篇當時在網路公開發表之後，果真大何被大部分的讀者罵翻了。雖然被貴婦包養、遭尋仇圍毆、親人過世等等的橋段相較於過去的故事風格，顯得很戲劇化，不過也是因為這樣激烈的過程才能打醒他吧，走過沉痛的後悔，希望大何未來能夠成長，痛改前非。

毛小孩可愛活潑，但牠們不是居家裝飾品，當牠走入一個家，就是以親人的身分成為家庭的一分子。也許人們的生活可以同時擁有各種娛樂和目標，但對牠來說，飼主如何對待牠，就是牠的一切了。題外話，雖然與故事無關，但在此想告訴大家請以領養代替購買，選擇收養就請愛牠，收養之前請謹慎評估自己的能力、環境，經濟上是否能夠負擔，能不能好好照顧這孩子？如果不行，就不要養吧。

至於夢裡最後溜溜在車上到底對大何說了什麼，就留給你們去解釋啦。

COMIC BY
HOM
INGS

…!!
%*@…
XX!!!!
*X#O!!!
你們統統——
嗚!
嗚!

去死吧—

啊啊!!!
嗚啊啊啊啊啊喔嗚
……

好了，何彥樂，
你有什麼問題？
報告教官，
我們「血腥養樂多」整個狀況超好！
Blood Yogurt Drink
Vocal/Guitar 何彥樂（阿樂）
……

第一，

血腥養樂多〔上〕

「寄託」

不准在頭上剃圖案。
理掉！
不要啊啊！
第二，把紋身貼紙洗掉。
教官你怎麼看得出這是貼紙？
刷
刷
第三——
一把吉他多少錢？
一千左右吧？
你付得起嗎？
你父母賺錢很辛苦，不是讓你拿來搞破壞的！
教官！你不懂！這是表演的一部分！
……
我砸的不是吉他！
而是我爆發的靈魂！
魂
鬼扯！

%#$&@#
%$#*&!!!
阿樂都你啦！
靠～怪我嘍？
不怪你怪誰？白癡。
不好意思表演嚇到妳們了。
永幸！恭喜歌唱比賽拿冠軍！
你唱得好～好聽喔！
對啊！我聽到熱淚盈眶了！
偶像❤
嘖！
欸冠軍大人！
碰！
呀！
療癒系情歌王子喔？超秋的！
秋成這樣為什麼唱芭樂歌啊？
嘶～～…

……因為那首歌練得比較拿手，得獎也是運氣好而已啦。
阿樂，你們唱的歌都是自己寫的吧？
很厲害呢，我也有試著做，不過還寫不出一首完整的歌。
歐淦！當然很屌啊！
我們才不屑唱別人的歌，要幹出屬於自己的東西！
像你這種只會拷貝別人的，整個就是遜！
所以你說是不是評審沒 sense 才會讓你拿第一啊？
……
喂喂！阿樂！不要這樣！
說話啊？不爽啦？
笑。

怎會沒人欣賞你？
真這麼行的話，
你知道自己
捧吉他的樣子
看起來很蠢嗎？

馬的！裝模作樣的永幸！
沒實力還亂把妹！看了就火大！
阿樂，我說過很多次了，
有問題的是你，看場合做事會不會啊？
飯粒不要噴到我，嗯！
Leader/Bass 瑞智
啊！說到這我才想到！
要不是你那一摔，我覺得本來很有可能得名，
這餐你要請客來補償我們！
Keyboard 小狗
不行啊我很窮！
我理你咧。
吼!!
接下來要準備考試，
這是畢業前最後一次演出了吧。
嘶—
Drum 栗子
？

看!!!
滿腔熱血卻沒有揮灑的舞台？
ROCK STAR讓你成為下一個
搖滾之星！
報名方式：
下次目標就這場啦！
我們一定要拿下冠軍！
不可能參加啊，
比賽時間是學測前半個月。
你忘了我們是考生喔？
我之後都無法練團，週末要去圖書館。
!!!
我也是。

愣——!!
阿樂你也收收心拚一下吧？
又摔壞吉他？這麼不愛惜東西！我不會再買給你了！
吼!!
拜託啦媽！再買一把我不會再摔了！我發誓！
摔了我從這裡跳下去！
※3樓
不准!!!
你知道距離學測只剩多少時間嗎？
你應該要明白事情的輕重緩急，好好讀書。考上大學之後，要怎麼玩樂團我都不會管！

可是課本寫的東西我怎麼讀都是死記而已，有什麼意義？
還不如把這些時間拿去多寫一首歌！
背三角函數和化學式，對我的人生到底有什麼幫助？
可以讓你考到好學校！
好學校就讓那些不知道未來要幹嘛的書呆子去讀啊！
我有自己想做的事，
跟他們不一樣！
吵！
吵！！
你這樣才是不知道未來能幹嘛！
好學校的資源比較好，
你長大會後悔……
真正的ROCKER不管去哪都能
做出最屌的音樂！
%$@*!!!
X*!!!

沉——默。
……彥樂，
爸爸知道你很喜歡音樂，但是學測快到了，先暫停一下，好嗎？
吵死了！
基層公務員的老爸和老媽，每天朝九晚五，日子一成不變，
一板一眼的，完全不懂音樂的魅力！

彥平，來。
……
欸額，剝蝦子咧！
是沒有手喔？
我弟何彥平，
小時候發了一場高燒，
導致輕度重聽。
不知道是不是因為補償心態，
爸媽對他十分溺愛——

讓弟弟看。
給弟弟玩。
讓弟弟吃。
咕~
砰!
啪!
媽咪我……
喀嚓~
我回來了——
哇~
吼!

彥岑，來吃飯啊！
喀。
不用了，今天有跟朋友在外面吃，阿伯、伯母你們慢吃。
堂妹自從叔叔和嬸嬸發生車禍過世後，
就住進我們家了。
跟我一樣，喜歡音樂，
但是程度比我嫩多了。
呵！
我們把家裡原本的儲藏室改裝成她的房間，

常常聽到她在練吉他。
欸！
嗨，哥。
有看到我今天的表演嗎？不錯吧！
很酷啊，摔吉他的時候我嚇了一跳。
哈哈哈！
MD player？妳居然有這個！
嗯，拿來練習很好用。
主要是想聽自己唱出來的聲音，畢竟自己聽到的和別人聽到的不一樣，
別人聽到的會高一點，
欸——是啦。

我想唱好每一個發音。
啊？為什麼？
啊妳怎麼不參加比賽？都帶吉他去學校了。
帶去是為了利用下課時練習，我沒有要參加比賽。
彈指之間
我還沒練好，覺得自己吉他還彈得不夠厲害。
真有自知之明。
唷！妳也想玩團？那妳喜歡哪些臺灣的團？
等我程度好一點……也想跟你一樣，找夥伴一起組團，做自己的音樂。

※：吉他的基本和弦，因此種組合適用於大部分的樂曲，而又被戲稱為無敵四和絃。

沒有！
因為他們都不夠厲害，
我比他們屌！
聽懂沒！？
對了，我來跟妳借吉他的。
我的摔壞了。
……

沒人欣賞你
去你的!!

鬼鬼
祟祟
伯母……
彥岑，他今天背的吉他是妳的吧？

……伯母對不起，我不該借他的。
我知道他要準備考試……
算了啦，就算妳不借，他也會想辦法借到的。
倒是妳不怕自己的吉他被弄壞嗎？
怎麼敢借他？
他從小就是個誇張、暴躁又過動的小孩，
我一直覺得讓他玩音樂，可以發洩他過度旺盛的精力，
但是好像太縱容了。
書不讀就算了，不聽話又老是破壞東西！
我真的不知道該怎麼教育這個孩子……
他會長大的，放心。
彥岑，快去上課吧。

欸！我想到了一首新曲！
melody 是這樣，然後配上類似這首的 bass 風格……
喔喔喔？不錯耶！有搞頭！
詞我很快就可以填好！來練吧！目標是搖滾之星比賽！
腳給我放下去。
阿樂，我說最後一遍，
未來我們有很多時間，可是考大學就只有這次，
若不懂守本分，將來也幹不出什麼大事，
先拚考試吧！

我……
是啊，放心啦！血腥養樂多不會解散的！
數學

老公！你看彥平這次又考了第一名！
哈哈
太棒了！
啊，彥樂！不准再弄壞窗戶！
還有去讀書！不准再彈吉他了！聽到沒？

11
12
1

39
到底有沒有讀書啊？考這麼爛！
老師！我已經進步了！
進步？這種分數你好意思說自己進步？
淦！我盡力了啦！我真的有讀！
喂喂！
!?
誰准你對老師這麼沒禮貌啊？
淦！是他先汙辱我！
不准罵髒話！

我就是不爽啦！我不爽你們因為我不會讀書！就看不起我！
你看！是上次那個摔吉他的人！
欸額，看起來像神經病。
你態度不改，真以為憑你現在這種三流音樂的程度，可以搞出什麼名堂？
他們樂團的瑞智和小狗很帥喔！真不懂怎麼會跟這怪咖為伍哈哈哈！
對了、對了！還有二班的永幸也好帥又有才華❤
呀——❤
只有他三不五時就鬧事。
啊就想紅吧？
不，我覺得他是腦殘。
吁
吁
哈哈哈哈哈
你知道自己讓父母很難過嗎？
哈哈哈哈哈哈哈哈

好吧！我知道自己是白痴，
莫名其妙、格格不入、沒人愛的白痴！
夥伴啊！只有你——
不管我被這個世界如何地
鄙視、排擠、嘲笑，

只有你永遠
不離不棄啊!!

喂！
!?
瑞智？
栗子！小狗……你們怎麼來這？
唷！
拜託，你這麼大聲，一樓都聽得到。
哈！你哭屁啊！
哈
哈
哈
我們不陪你去比賽，孤單寂寞覺得冷喔？
這麼可憐～
靠杯！要你管喔！
欸！好啦，既然這樣，
就不要在那邊耍娘了，
明天下午——

去拿下「搖滾之星」的冠軍吧！

血腥養樂多〔上〕寄託/完。

● 阿樂

B 型獅子座，因為講話不經大腦所以畫起來十分爽快。

● 瑞智

A 型魔羯座，似乎像阿樂那樣脫序的白目身邊，通常都會有一個比較務實冷靜的朋友？

● 這篇設定的時間點約在十三年前（2002 年左右），當時網路資訊還沒有那麼發達，吉他譜不像現在估狗一下就有，所以當年學吉他的孩子幾乎人手一本吉他譜的教學書。

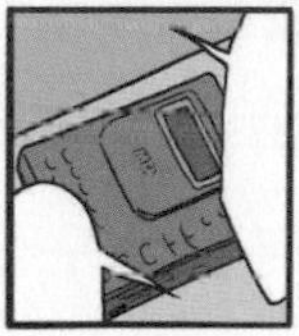

● MD player，跟吉他譜一樣是 2002 年左右的產品。可以用來錄自己的歌聲，在臺灣普及率似乎並不高。

● 左耳輕度中聽的弟弟彥平，因為爆頁的關係戲分非常少（汗）。

BIG CITY,
LITTLE THINGS

02

「小狗」
古典音樂貴族世家出生，三歲就彈得一手好琴，
就是要 ROCK ！
但後來不顧家庭反對，加入我們玩流行熱音。
「栗子」
明明討厭吃栗子卻堅持留一顆栗子頭
喔啦喔啦喔啦 !!!
平常敦厚有禮貌，但拿起鼓棒就會變成一個瘋子！
「瑞智」
萬能團長，除了詞曲創作，也精通多種樂器。
停！喂你又拖拍了！
成績優良、為了賺樂團經費還兼職在ＣＤ店打工，一天只睡三小時。
疑!?

「阿樂」
我！不多說，就是很屌！我們是——
血腥
養樂多！

血腥養樂多〔中〕

「證明」

雖然口口聲聲說要拿冠軍，
可是聽到主持人喊出我們是「佳作」的瞬間……
超爽的！沒辦法形容的嗨！
這是我們第一次，
正式獲得外界的肯定！
緊接著要面對的是大考！
結果——
智商特別高的瑞智考上頂尖公立大學，小狗和栗子考到程度中上的大學，
至於我，理所當然的，

考上一所看似零分都能進的——
名不見經傳的私立技術管理學院的
不知道要幹嘛的科系。
咻—…
爸媽對我超級失望，
你重考吧！
不需要，就讀這間吧，再給他一年的時間，他也不會讀的。
算了沒差，反正我從小到大沒讓他們滿意過。
這都不重要了，重要的是——
喀
喀
喀
我要展開新生活！
帥呆了！

↓小狗
↓瑞智
我們是血腥養樂多!!!
哈
遜砲們準備好一起嗨了嗎？
正式演出時不要這樣叫觀眾！
專注於練團的日子讓我們的技術突飛猛進，
日復一日不斷的練習，盡情的揮灑熱血！

我們不斷的往前，
我最近想改團名，提升樂團質感。
想不透高中時怎麼會取這麼中二的名字。
不行！血腥養樂多超屌好嗎！
阿樂我覺得你唱的高音有點怪。
蛤？屁啦！
後來參加了Live house的「火焰大挑戰」原創音樂活動得到青睞，
開始有了許多演出的機會！
也有了一些粉絲，
我們已經變得和以前不一樣了！

敬我們演出大成功！
喔喔喔喔！
乾啦!!!
↑單身
……
對了，我要宣布一件大事，
海邊音樂祭報名上了！
我們一定要得獎，這是出道的好機會！
上囉！
酷耶！
然後，

我在打工的地方認識了一位，成功打造過許多知名樂團的製作人，
等等他會過來跟你們認識一下。
喔喔喔！
製作人耶！
有什麼問題都可以跟他聊聊，或許未來我們做專輯也可以請他幫忙。
製作人有啥了不起？
嗨——小毛頭們！
音樂製作人
骷髏
笨喔！要發片的話，製作人就好比拍電影的導演一樣重要。
來酒吧幹嘛戴墨鏡啊？
你割雙眼皮喔？
骷髏哥，歡迎歡迎！
砰！

既然你們是瑞智的朋友，我就直說吧！
你們喔——還行啦！
基本功都不錯，但，嗯——
吃吃吃
就是什麼都及格邊緣而已，不驚豔也沒特色，還有得練！
火大！
是，我們會持續努力學習的。
其中問題比較明顯的是——
你，
唱得太粗糙了！
歌聲不嘹亮、咬字不清楚、
沒有穿透力、
只是自顧自的用喉嚨亂吼而已！

吼得好聽也是要技巧的，多聽一些知名樂團，學學人家怎麼唱的吧！
目前聽起來太不討喜了！
我就是不想為了討喜去模仿別人，改變唱法！
你們必須這樣做，還有曲風，很多地方都要修正，不然沒有市場喔！
方便再跟骷髏哥討教一下，要如何調整嗎？
我也想了解怎樣才能夠更符合市場。
喂喂喂！
拜託了！
你們在說什麼？
市場、市場的……你們想變成商業芭樂團嗎？
阿樂你冷靜點。
吁
吁
吃吃
欸——未來你們還是想要發片對吧？

發片就是要賣錢，要有人喜歡，
不然就錄錄DEMO自嗨就好啦，何必出來丟人現眼？
明明是不成熟，卻以為是自成一派，拒絕學習……小子，
你這種稚嫩笨蛋我看多了！
照你現在的唱功，只能回家洗洗睡喔～
啊啊啊啊啊!!!
於是，製作人就這樣被氣跑了。

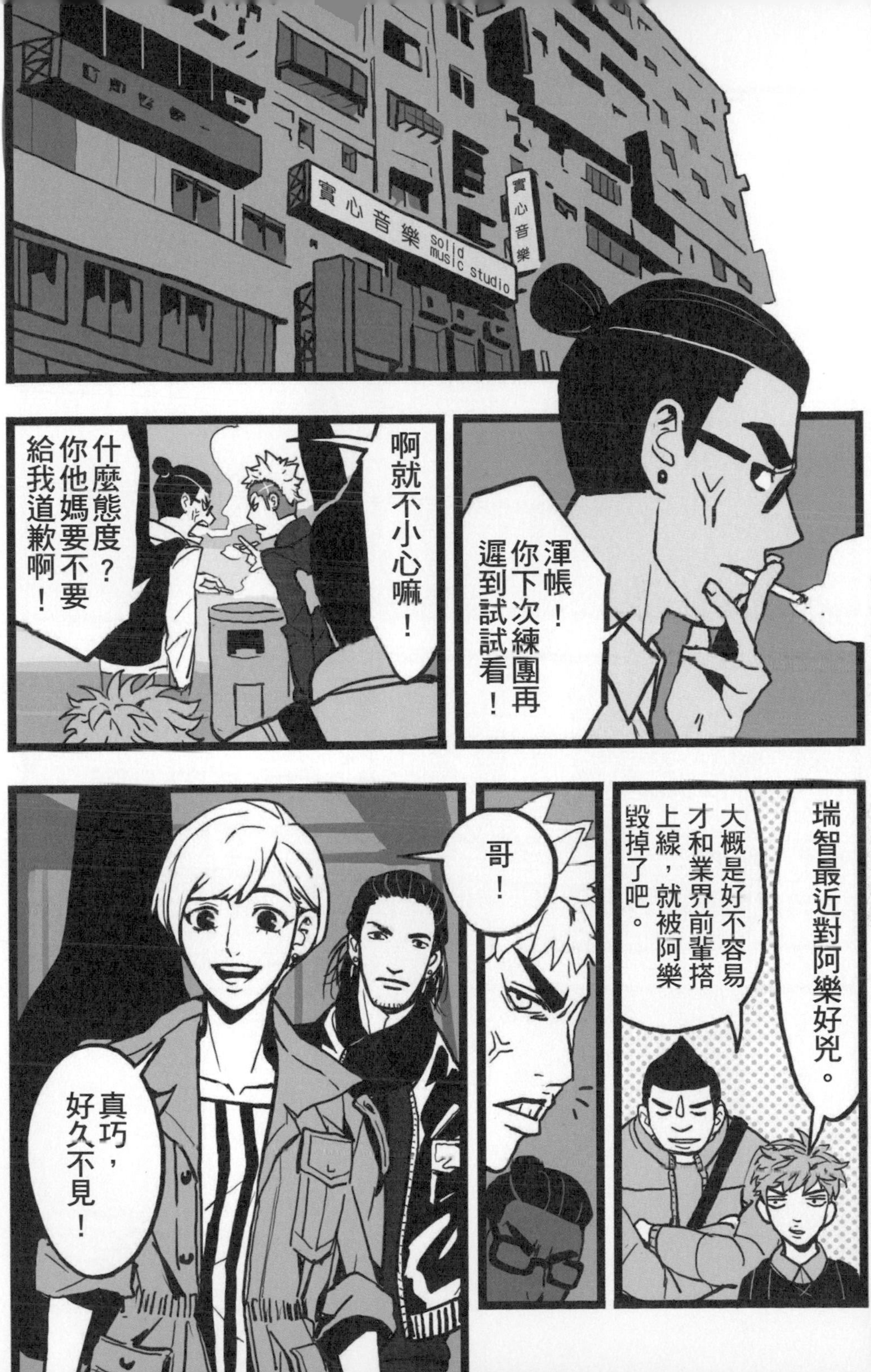
實心音樂
solid music studio
實心音樂
渾帳！你下次練團再遲到試試看！
啊就不小心嘛！
什麼態度？你他媽要不要給我道歉啊！
瑞智最近對阿樂好兇。
大概是好不容易才和業界前輩搭上線，就被阿樂毀掉了吧。
哥！
真巧，好久不見！

唷！妳也來這間練團？
對啊，你搬出去之後，好久沒回家了……有空打個電話給阿伯吧。
嗯？他怎了？
生病了，甲狀腺亢進。
什麼？啊有怎樣嗎？
這幾天好點了。阿伯他也很關心你樂團的事情。
有啦，他們上次打來我有接啊。
彥樂，最近好嗎？
喔——很好啊。
什麼時候有演出？
蛤？你們想來喔？這麼遜，算了吧你們又不懂搖滾樂～
對了，我還要錢。這個月不夠花。
又亂花？

欸，妳男朋友喔？
不是，這位是我們團長陳頤。
你好，我常聽彥岑提起你，
很高興認識……
欸，
我菸沒了，給我一支。
不好意思，我哥他比較……
不擅交際。
沒關係。
你這次寫的歌真夠芭樂的，這麼聽那骷髏頭的話喔？孬耶！
夠了，你不需要這麼排斥吧？
就算不喜歡也該明白那些商業取向的作品為何會受歡迎，
了解之後才能寫出更多元的歌！

呵，我不屑幹這種事！
那就算了，畢竟你沒同理心又不懂得反省，
所以你寫不出受歡迎的歌、
也唱不出讓人喜愛的聲音！
你好，我是瑞智。
你好。

喂！
我敢忠於自我！
不像你，滿腦子都想捧別人的屁股！
嗯，好啊！那你就永遠沉溺在自己的世界裡，
做那種只能自爽的爛音樂人吧！

喂喂喂!!
阿樂你幹嘛啊!?
!?
你們都很想紅
是嗎?
走著瞧吧!
我要你們好看!

阿樂！
阿樂！
咚咚咚!!
還是不接，這傢伙也消失太久了吧！
阿樂
撥出中…
這下好了，明天就是海邊音樂祭，主唱繼續神隱中……
好啊棄權啊！都不要比了啊！
是裝死還是真的不在啊？
喂——!!

你再不出來，瑞智要把你的門拆掉囉！
火大大大!!
安——靜。
……
我說說的，住手！
♪——♪
ROCK
FESTIVAL
♩♩♩——
♪——!!!
喂！你們是血腥養樂多吧？
快到後臺準備啊！下一組就是你們了！
不好意思，
阿樂
撥出中…

我們發生一點意外無法表演，
請跳過我們吧。
怎麼不早說！你們這樣會讓活動開天窗！
……真的非常非常抱歉。
讓我們歡迎下一組羅賴把大嬸！——
回家吧。

海邊音樂祭
大嬸個屁啦！
現在是血腥養樂多才對！
啊我的團員們死哪去啦？
快上來啊！
主持人↓
這位先生…

馬的！哪招啊？
欸，各位！不好意思喔！
這三隻平常忙著保護小鎮和平，剛剛接到鎮長的電話，本來要趕回去打怪獸，
但是！
搞死我們！
在這裡跟你們一起搖滾比較重要！
對不對啊？
對～!!!
哈哈
哈哈哈哈哈
喂，拿出最屌的本事吧！

嘶

這傢伙……！

看‧不‧起‧我？
那我就用實力
唱法居然變了！
變強了！還變得
非常好聽！

來證明一切！

ROCK
FESTIVAL
喂，所以你搞屁失蹤啊？
我去拯救地球啊！
白癡啊！再鬧啊！
下次再這樣搞，就把你碎屍萬段！
哈哈！嚇死你們了吧？爽啦！
什麼芭樂唱腔！本大爺隨隨便便就辦到了！
哈哈！
靠！
最佳人氣賞

血腥養樂多〔中〕證明／完。

● 小狗

AB 型射手座，雖然叫小狗，但因為嘴巴有點翹翹的，後來想想叫小雞好像更適合？

● 栗子

O 型天秤座，不管造型還是名字都很直接，由來是我妹很喜歡吃糖炒栗子，常常看到她整包整包的嗑。

● 升上大學後，大家都換了髮型，其中我最喜歡瑞智的髮型了！

● 火焰大挑戰，出自於「THE WALL」Live House 的活動，原創音樂人皆可參加，通過甄選之後就可以正式排檔期表演。

● 阿樂的刺青，左臉 L 是樂的發音，右手有刺一把吉他，其他則是許多骷髏、宗教圖形元素，不過他的思維應該是覺得圖案好看就刺了，不一定有什麼特殊意義。

BIG CITY,
LITTLE THI

2

血腥養樂多〔下〕

「青春的夢啊！」

這麼快？我以為你會讀研究所！
我還想延畢咧！
我不想當兵！
早死早超生，又躲不掉，我不想太晚出社會。
你回臺南，我們怎麼練團？
我不想當兵！
……也許我退伍之後再上臺北工作。
阿樂吵死了。
只是這段期間，看你們要另外找貝斯手，
或者停止活動一段時間囉。
其實，我也有話要說，
我爸媽要我去美國進修。
什麼!?
你們是約好一起跑票是不是啊？
畢業了嘛，大家總是會各有打算。

啊啊啊——
……
欸好啦，別擔心了，不管留學或當兵，
都會回來的不是嗎？
放、放手……
說好了！
血腥養樂多——
下次合體將會重新出發！
然後，小狗先出國了。
我和瑞智相隔數個月陸續入伍，
四十二……
栗子申請上替代役。
各忙各的，兩年後……

終於約到所有人齊聚一堂，
「血腥養樂多」要回來了！
抱歉，我恐怕無法練團了。
淦！殺小？
因為住臺北房租高、開銷大，存不到錢，
所以我爸媽要我回南投接手生意，雖然不太願意……
但他們年紀都大了，遲早要接的。
嘆氣。
可以理解。我暑假結束後還要再出國，所以也無法歸隊。
你不是進修回來了？
這次要去德國．
小狗→

↑阿樂（剛退伍的髮型）

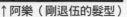

我也很難抽空練團，
工作都要加班到很晚。
……喂喂！
可是，你們知道嗎？
揮
我妹那團現在很紅，
再不加快腳步，血腥養樂多就要被他們追過去了！
緊張
阿樂，
比較這種事情沒有意義，
人該走自己的路。
續攤喝一杯嗎？
港式飲
不了，我明天還要上班。
我也PASS。

說好的熱血呢？
說好的一起發光發熱呢？
為什麼一切都變了？
閒晃！
等等，這麼晚了要去哪？
喀。
彥樂，
你有沒有在找工作啊？

……你還沒好喔？
吃藥控制就不礙事的。
藥局
路上小心喔！
喀
碰！
這孩子長大了，開始會關心人。
哎，還早吧！
他會越來越懂事的。

必須盡快找到新團員！
我可以配合練團時間！
你貝斯好爛，掰囉！
我想要的樂團風格，要像XXX一樣……
拷貝鬼回家吃自己吧！
先說好，要讓我當團長！
滾！
要找到理念相同，程度又夠好的人，
怎麼這麼難啊？
原來沒有你們我居然混不下去？
難怪芭樂歌常常在唱，失去後才懂得珍惜啥小的……
淦咧！不可能！我可是天才耶！
ㄉㄚ
那我只好！
ㄉㄚ

轉型成個人網路創作歌手，在網上發表作品！
聽說有很多人是這樣紅的！
阿樂基地
雖然轉為一個人後，寫歌的速度變好慢……
啊啊……好懷念瑞智那張肌白臉啊！
淦，沒有靈感。
那個旋律我要調整，填詞也交給我吧！
還要付錢請樂手幫我演奏，有夠麻煩。
儘管如此，我還是要盡全力去做！
數月後
馬的！人氣為何一直這麼低？
都沒人要轉貼分享？
為什麼別人只是翻唱，就可以這麼夯？大家都愛拷貝鬼嗎？
淦！老子不玩了！
阿樂你在家蹲這麼久到底在幹嘛？去找工作啦！
會啦！吵死了！

時代唱片
怎麼這麼多人？
誰在辦專輯簽名會？
……哇靠！
哇靠
呀——
齁齁齁——
好帥喔～
是永幸那個死娘炮!!!
他已經發片了？
你看他們兄弟的歌這麼好聽，又帥～
我為了搶他們的預購專輯，那天還特地請假呢！

砰！
唔！
馬的走路不長眼喔！
咦？
骷髏頭！
……啊呀？是你啊！
你怎麼在這裡？難道你也是這娘炮的粉絲？
啊你怎麼越來越禿了？
等你老了也禿掉，我做鬼也要笑你！
我怎麼不能來？
我可是這張專輯的製作人哪。
骷髏頭！我有話想跟你說！
!?幹嘛？
拜託！
說吧，你要幹嘛？

為什麼我紅不起來？
……（不知該從何吐槽起。）
說啊！你不是很行嗎？
吼！
你是不差啦，但也沒厲害到可以紅。
現在像你這種實力的年輕人很多，不缺你一個。
我得過人氣獎！會創作、會唱、會樂器！也他馬的很拚啊！到底哪裡出問題？
嗯——你單飛之後的作品沒有血腥養樂多的魅力。
你們鍵盤手很厲害，加上瑞智是個聰明又優秀的創作人兼領導，
可惜啊，有其他人生規劃呢！
樂團就是這樣，能持之以恆的寥寥無幾。
看來少了那幾個朋友，光靠你一個人，
確實做不出什麼令人驚豔的音樂。
繼續加油，等待機會吧！
說完了，掰掰！
喂！
喝！

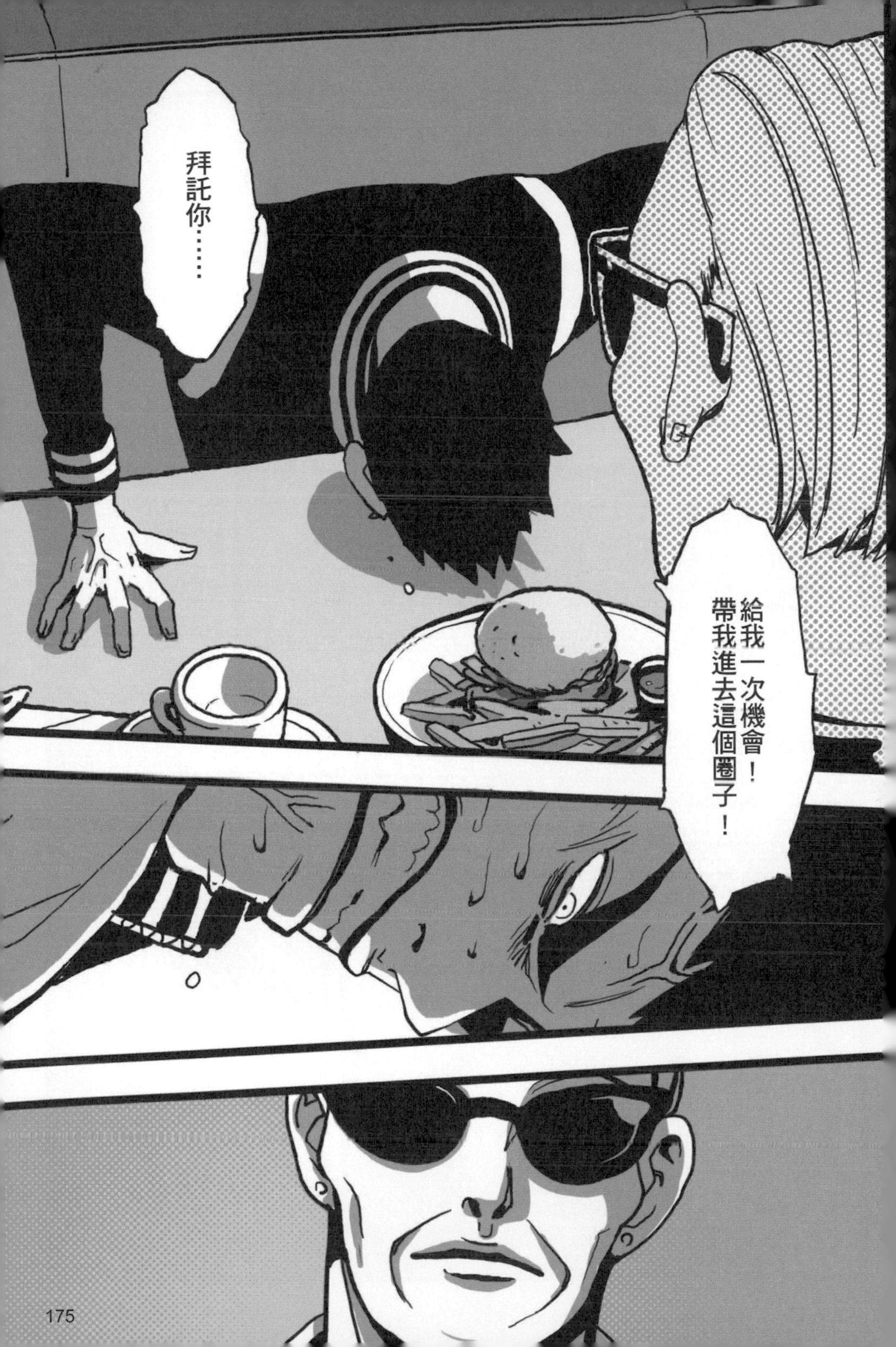
拜託你……
給我一次機會！
帶我進去這個圈子！

嘩……
哈哈哈
嘩……
你可能為了夢想，不斷地拉扯掙扎，
犧牲許多私生活、
享樂、經濟……
把全部賭在音樂上，
以為這樣就可以成功，就像那些常聽到的勵志故事。
但那些萬中選一的成功者底下……
可是無數被淘汰的失敗者呢！
而那些失敗者，有些甚至比成功者更努力。
人生很殘酷，
不努力一定不會成功，

但再努力也未必能成功。
……說太多了。
結論，
抱歉，我不需要你。

哈哈哈哈！
北七喔！死吧你！
對面都是妹子吧？
哈哈哈嫩！
銅牌B嘴！
喔~啊不是鑽石哥~不是很秋嗎？
哈哈哈哈哈
哈哈哈
哈哈哈哈哈哈哈哈哈！

@$&X&O
OX!!!!
ㄉㄚ!!
ㄉㄚ
ㄉㄚ!
*+#XXX...
ZZ...
ㄉㄚ!!!
XXX!!!!
ㄉㄚ!
砰!
砰!
------%&@!!!!
咔
咔
哈哈哈
哈哈哈哈

阿樂你這白痴！
喂你們！
吼！！
教官來了！快跑啊！
哈！你哭屁啊！孤單寂寞覺得冷喔？
練團不要再遲到了，瑞智超火的！
阿樂你看！我會轉鼓棒了！
這團名真的很中二耶！
嘖。
……好啦，你那麼堅持，就不改了。
唷！阿樂你的新刺青帥喔！
喔喔！
下次再搞失蹤就把你碎屍萬段！
欸！機歪智！我沒錢了請我吃飯！
你怎麼不去死？
哈哈哈哈哈！

叩叩。
彥樂！爸媽有話對你說，開個門好嗎？

走開啦——
……先開門，好嗎？
我知道你們要說啥，我有在找工作啦！
啊就沒有人要我啊！聽懂沒？
嗯，畢竟搖滾這條路……
不要跟我提這兩個字！
雖然爸媽一點都不懂，
但是，

不論你做什麼決定，
我們都相信你堅持的夢想。

淦！
什麼夢想？什麼相信？蠢翻了！
養好你的病吧！老頭！
你兒子被音樂界淘汰了你知道嗎？
你兒子被人看不起你知道嗎？
你兒子成天耍廢你沒看到嗎？
不懂還相信個屁啊？
馬的白痴！
老頭你他媽……

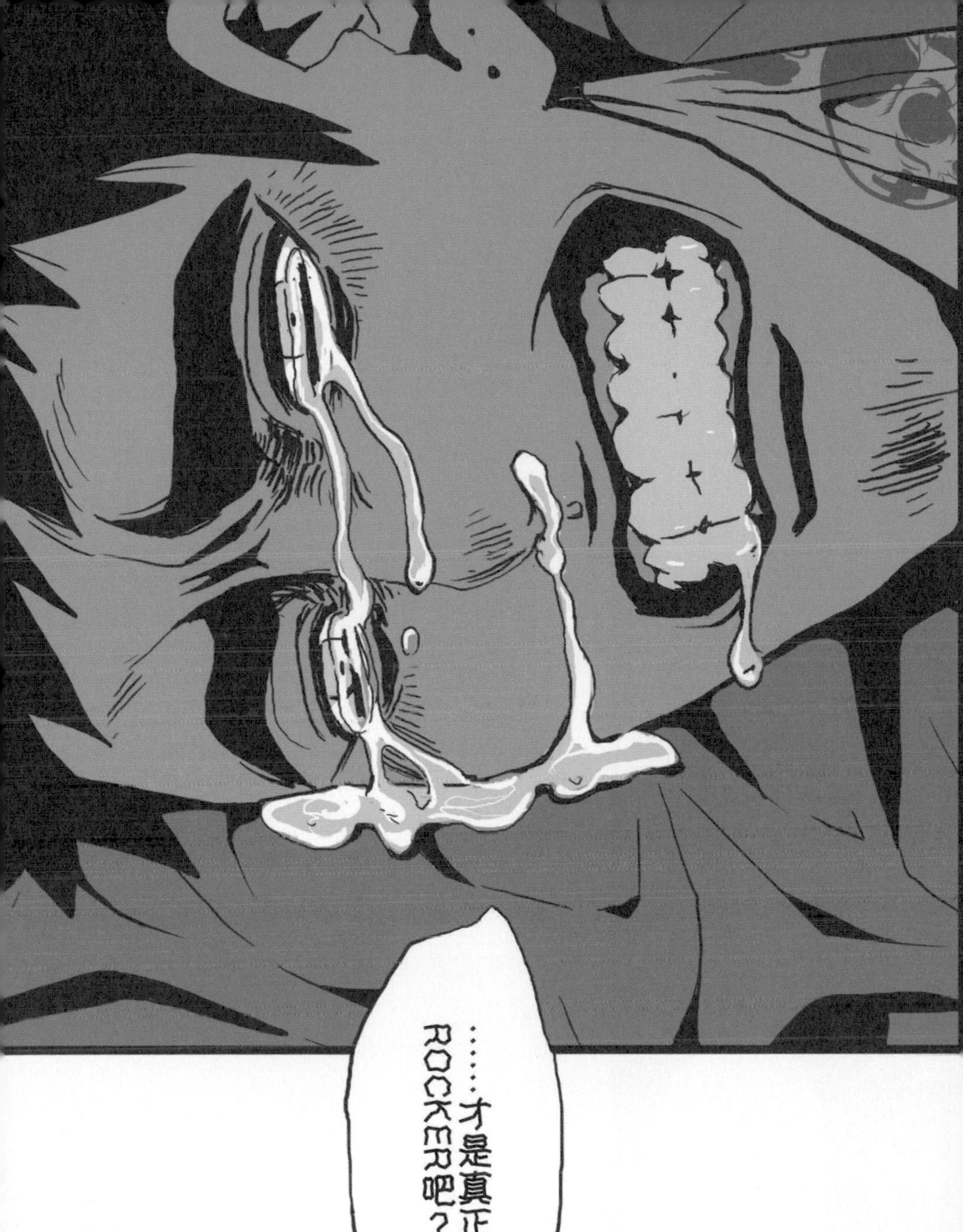
……才是真正的ROCKER吧？

數年後
臺中高鐵
現在幾點了？

八點多。
……所以阿樂已經遲到兩個小時了。
等等打爆他。
我們為了看他妹六點半的 live，趕時間搭高鐵的意義在哪……
等等到了大概也散場了吧？
真不愧是阿樂，遲到死性不改。
欸！來了！
廢物們，上車啊！
遲到超久你好意思！
我加班到剛剛啦！叫屁喔！
你買休旅車喔？
這是送吉他的貨車！我在幫老闆賣吉他啦！
不錯嘛，你還有在彈吉他嗎？
公司車可以私用嗎？

有啊，就接一些有的沒的的歌手合作，哪裡有缺就去哪當吉他手囉！
你變了！你不是阿樂吧？
天啊！你這種人居然願意當別人的樂手？
他們都很嫩啦！
要不是為了錢，誰鳥他們啊？
我以為你不在乎錢這種事。
沒辦法，我家的老頭和老太婆都老了嘛！
哇……阿樂……
我比那些人強多了，逮到機會要在臺上電爆他們！哈哈哈！
這點沒變。
栗子怎麼不栗子了？
身為老闆就是要梳油頭啊！
小狗你進修完沒？
我之後要定居加拿大，歡迎你們來玩啊！
你這傢伙！

瑞智最近怎樣？
老樣子忙工作。
對了，我明年要結婚，你們能當伴郎嗎？
什麼！
欸，超久沒聚在一起啦，
血腥養樂多什麼時候捲土重來啊？

好啊阿樂帶隊走吧！去征服地球！
哈哈哈哈！
地球算什麼？我要征服全銀河系！
坐穩啦！我要飆車了！
不！
安可!!
安可——!!
安可!!
安
靠！居然在安可了！

安可!!
安可ー!!
安可!!
耶〜〜
喔〜〜!!
接下來這首歌，
來自一個影響我很深的樂團。
謝謝他們的創作，
在我少年時帶給我很大的熱忱。
想藉由今天這個機會和你們分享，
並致上對他們的敬意。

他們是，

「血腥養樂多」。

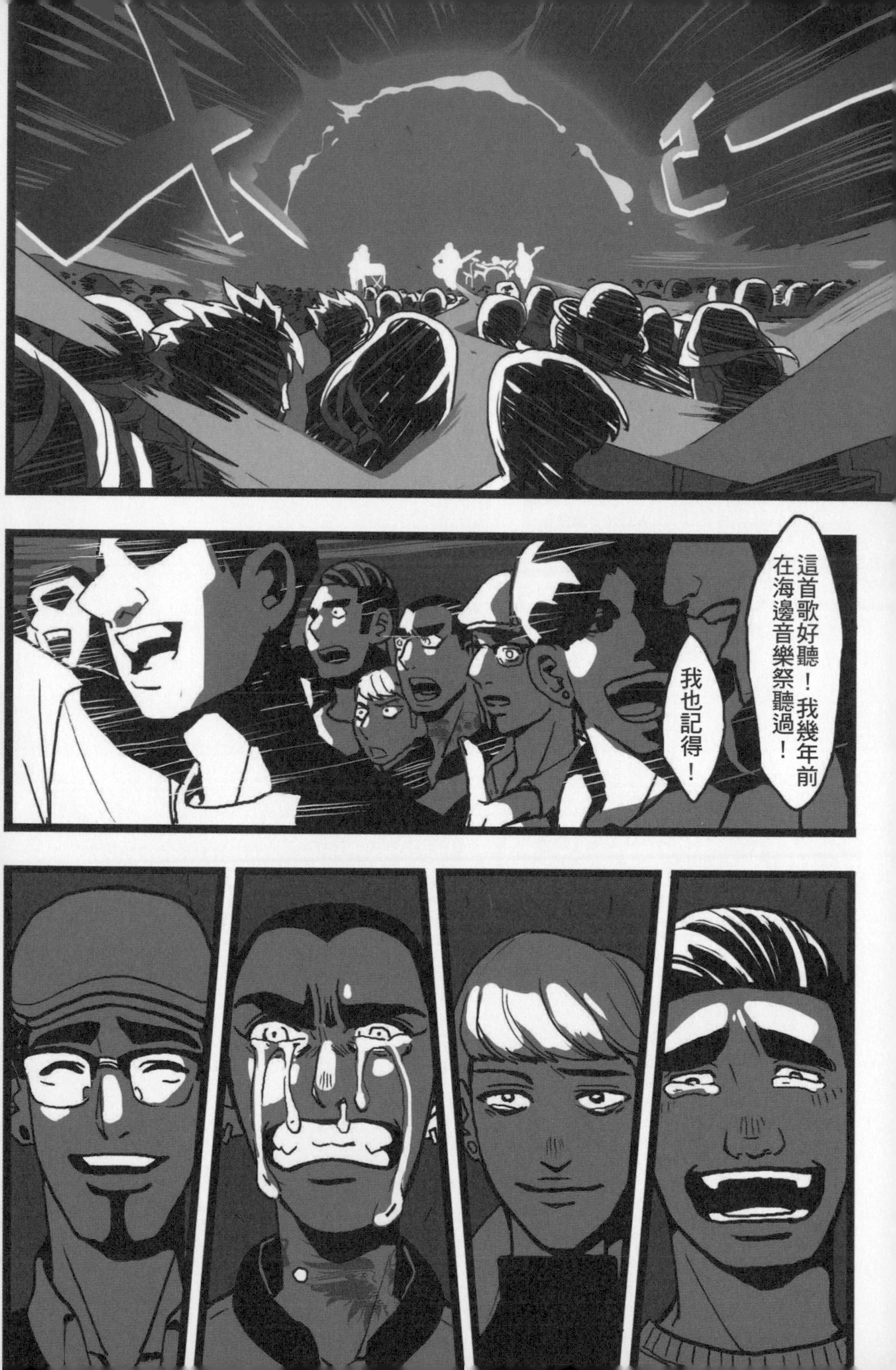
這首歌好聽！我幾年前在海邊音樂祭聽過！
我也記得！

曾經緊握的青春夢，
不會因為時間而消逝，
它是一段最雋永的旋律，
是你隨身攜帶的紀念品。
當你想到它，
它從不吝嗇地大聲播放，
讓你跟著唱，
陪你繼續走在
名為人生的旅途上，
永遠守護著你的回憶。

血腥養樂多〔下〕青春的夢啊！／完。

「血腥養樂多」

青春是最奢侈的本錢，追夢是最奢侈的幸福，能夠找到自己的興趣，並且擁有實踐的環境、資源以及行動力，那會是人生非常充實且幸運的事情。就算哪天有了其它人生規劃和選擇，也別用遺憾的心情面對過去，曾經熱忱投入的一切都是人生的珍寶。

故事中礙於篇幅，而沒能好好描述的是：阿樂和弟弟彥平的關係。我想他們的感情其實也不會太差，阿樂只是從小因父母明顯偏心，失寵吃醋，才會對弟弟有芥蒂。愛沒有被滿足的孩童，行為容易偏差，會做一些誇張的事情想引起大人的注意，當我們責罵孩子沒教養的時候，可能沒了解到，他們只是想被關愛和認同。

阿樂就是在這種情況下長大，他沒有意識到自己拚命想得到他人注意的舉動，是因為從小根深蒂固的不平衡，以及從中衍生的自卑感，但他誇張的言行又容易被討厭，更得不到愛，如此惡性循環，就這樣把這孩子貼上脫序的標籤，度過整個成長期。所以他將愛和熱情都寄託到音樂上，這是他唯一能得到成就感的地方。

最後父母對他義無反顧的支持，彌補了他一直以來心裡的缺憾，也因此讓他的性格漸漸有了柔軟的一面，所以選擇了能讓父母安心的生活方式，找了一分穩定工作。

至於夢想，他放棄了嗎？我一直認為夢想有很多種實踐的方法，而且在追求的過程中，感到快樂是最重要的。如果非得用結果論去想：不能紅就是失敗、沒賺錢就是失敗……那麼就太沉重了，因為生命本是一場過程，最大的成功，就是過著自己喜歡的生活。所以現在仍然能夠上臺彈吉他的阿樂，其實依然是幸福的。

雖然我喜歡聽一些臺灣獨立樂團的歌，但沒有玩過樂團，所以這篇故事很感謝我的朋友小郭義不容辭分享他的玩團經驗，還有我的責編幫我取了「血腥養樂多」如此貼切的中二團名，還有非本科系畢業的哥哥被我抓來上色……以及幫我看稿的朋友們，真的很謝謝他們，讓我可以順利在兩個月不到的時間內，生出這三篇故事。

COMIC BY

大城小事
BIG CITY, LITTLE THINGS
聖誕老公公的辛勞誰人知篇
把拔，
是不是我把聖誕襪掛在床頭，
聖誕老公公就會放禮物進去？
!?
嗯……當然會啊，妳想要什麼？
巧克力？糖果？還是米老鼠……
不要，我要唉配！
……
好，快點睡覺，不然聖誕老公公不會來囉！
好～

紹動！
半夜哪裡可以生唉配啊啊啊!!!
我完全忘了明天就是聖誕節啦！
哈哈哈好，交給我吧！
唉配是吧，這世上豈有我辦不到的事？
白痴。
小菲。
幹嘛？
快上PTT。
你要跟鄉民求救？
有人回說要賣耶，但是在臺中。
好遠。
臺中有？
路上小心唷！
阿姨，車子借一下謝謝！
小孩的夢想是不能耽誤的！
不！我明天要上班欸！

ZZ
鄉民
欸不准睡。
嗚——
把拔！
把拔！

聖誕老公公的辛勞誰人知篇／完。

大城小事
BIG CITY, LITTLE THINGS
聖誕何家歡童年篇
彥平你在幹嘛？
我在寫信給聖誕老公公，跟他說我想要什麼。
還有……我今年也很乖，這樣他就會給我禮物了。
我也要寫！
笨喔你們！
聖誕老公公其實……
哥！
你不要跟他們說啦！
為什麼？
因為他們知道會很難過的。
小朋友嘛～

彥平你在許什麼願望？
我要很多巧克力餅乾跟糖果。
彥東呢？
我要樂高、車車、恐龍……還有一個游泳池！
溜溜你要什麼？我幫你寫～
汪汪汪汪

你要新玩具和零食嗎？
好——
笨蛋！
你們這些笨小鬼，
我看不下去了！
就讓大哥來告訴你們，
聖誕老人啊……
別說啊!!!

因為我是大哥
所以就算我很壞
他還是會給我禮物喔！
↓小五
我上次打破杯子還跟媽媽吵架！結果聖誕老公公還是有送我巧克力！
哥哥好厲害！
我都不用寫卡片！哈哈哈！
不愧是哥哥！
……哥哥，原來你才是最傻最天真的啊……
汪
汪
↑國一
聖誕何家歡童年篇 / 完。

FUN系列019

大城小事 2

BIG CITY, LITTLE THINGS 2

作　者—HOM（鴻）
主　編—陳信宏
責任編輯—王瓊苹
責任企畫—曾睦涵
美術協助—執筆者企業社

總　編　輯—李采洪
發　行　人—趙政岷
出　版　者—時報文化出版企業股份有限公司
一〇八〇三　臺北市和平西路三段二四〇號三樓
發行專線—（〇二）二三〇六六八四二
讀者服務專線—（〇八〇〇）二三一七〇五・（〇二）二三〇四七一〇三
讀者服務傳真—（〇二）二三〇四六八五八
郵撥—一九三四四七二四　時報文化出版公司
信箱—臺北郵政七九至九九信箱

時報悅讀網—http://www.readingtimes.com.tw
讀者服務信箱—newlife@readingtimes.com.tw
時報出版愛讀者粉絲團—http://www.facebook.com/readingtimes.2
法律顧問—理律法律事務所　陳長文律師、李念祖律師
印　刷—詠豐印刷有限公司
初版一刷—二〇一五年十一月二十日
初版二刷—二〇一九年七月八日
定　價—新臺幣二七〇元

時報文化出版公司成立於一九七五年，並於一九九九年股票上櫃公開發行，於二〇〇八年脫離中時集團非屬旺中，以「尊重智慧與創意的文化事業」為信念。

（缺頁或破損的書，請寄回更換）

大城小事 2 / HOM 作 .
-- 初版 . -- 臺北市 : 時報文化 , 2015.11
冊 ;　公分 . -- (fun 系列 ; 19)
ISBN 978-957-13-6450-6 (第 2 冊 : 平裝)

855　　104013820

ISBN 978-957-13-6450-6
Printed in Taiwan